This edition published by Parragon Books Ltd
in 2015 and distributed by:

Parragon Inc.
440 Park Avenue South, 13th Floor
New York, NY 10016, USA
www.parragon.com

Traducción: Míriam Torras para Delivering iBooks & Design
Redacción y maquetación: Delivering iBooks & Design, Barcelona

ISBN 978-1-4748-0620-6

Impreso en China/Printed in China

Disney · PIXAR
INTENSA MENTE

PaRragon

Bath • New York • Cologne • Melbourne • Delhi
Hong Kong • Shenzhen • Singapore • Amsterdam

En el mismo momento en que nació Riley, una Emoción llamada Alegría tomó el control de la consola del Cuartel General, que estaba dentro de la mente de la niña.

Alegría vio a los padres de Riley en la pantalla en cuanto la pequeña llegó al mundo entre parpadeos.

—Hola, Riley —dijo su madre.

—¡Pero vaya! —dijo su padre—. ¡Si eres pura alegría!

Y como Alegría dirigía la consola, Riley se sintió feliz, y se creó un nuevo recuerdo feliz.

En el Cuartel General, una esfera dorada rodó por el suelo hasta llegar a los pies de Alegría. La agarró y vio que mostraba a Riley de bebé. La esfera era dorada porque el recuerdo era feliz. Alegría se dio la vuelta y colocó la esfera en un estante vacío, en el fondo del Cuartel General.

Alegría regresó ante la consola. La tocó y escuchó a Riley emitiendo felices ruiditos de bebé. Justo entonces, Alegría se percató de que tenía a alguien de pie a su lado.

—Soy Tristeza —se presentó la recién llegada.

Tristeza tocó la consola y la bebé Riley empezó a llorar. Alegría tocó rápidamente los mandos de nuevo.

—¿Puedo...? —dijo Alegría—. Solo quería arreglarlo. Gracias.

A medida que Riley iba creciendo, los estantes del Cuartel General se iban llenando de esferas de recuerdos, la mayoría de ellas felizmente doradas. Desde allí, unos tubos las absorbían para transportarlas hasta la Memoria a Largo Plazo, que estaba en el Mundo de la Mente de Riley.

Pronto, a Alegría y a Tristeza se les unieron tres Emociones más: Temor, Furia y Desagrado.

Juntas, las Cinco Emociones tomaban las decisiones importantes de la vida de Riley. Pero Temor, Desagrado, Furia y Tristeza normalmente querían que Alegría dirigiera la consola. Y es que, después de todo, las cinco querían que Riley fuera feliz el máximo tiempo posible.

Temor ayudaba a mantener a salvo a Riley. Una vez evitó que tropezase con un cable eléctrico mientras la niña jugaba.

Desagrado mantenía a
Riley alejada de cosas que
parecían, olían o sabían
raro, ¡como el brócoli!

A Furia le preocupaba mucho que las cosas fueran justas para Riley. La mayoría de berrinches de Riley ocurrían cuando Furia dirigía la consola.

Por último estaba
Tristeza. Su papel no era tan
obvio como el de las otras
Emociones. De hecho, Alegría
ni siquiera estaba segura de por
qué Tristeza estaba ahí.

Cuando le ocurría algo muy importante a Riley, se creaba un gran recuerdo. Todos ellos iban a parar al núcleo de grandes recuerdos, el cual activaba las Islas de la Personalidad de Riley.

Riley tenía cinco islas: Familia, Sinceridad, Hockey, Amistad y Tonterías. Eran las cosas fundamentales de su vida. Cada isla era como un miniparque temático en su mente. Por ejemplo, ¡cuando Riley jugaba con su padre, la Isla de las Tonterías iba a toda máquina!

Una noche, mientras la Riley de 11 años se preparaba para acostarse, las Emociones observaron cómo su madre y su padre la arropaban entre las sábanas. Cuando se durmió, la pantalla del Cuartel General se oscureció.

—¡Increíble! ¡Otro día perfecto! —exclamó Alegría, llena de felicidad, mientras observaba todos los recuerdos dorados nuevos.

—Muy bien, hoy no hemos muerto —dijo Temor—. A eso lo llamo yo un éxito.

—¡Cómo queremos a nuestra niña! —siguió Alegría—. Tiene grandes amigos, una bonita casa, las cosas no podrían ir mejor. Al fin y al cabo, Riley solo tiene 11 años. ¿Qué le podría pasar?

Alegría pronto conoció la respuesta: ¡el día siguiente, sus padres le anunciaron que pronto dejarían Minnesota para ir a vivir a San Francisco!

Durante el largo trayecto en auto, mientras las demás Emociones entraban en pánico, Alegría las trataba de animar.

—¡Oh, miren! —dijo—. ¡El puente Golden Gate! ¿No es fabuloso? ¡No está hecho de oro, como creíamos, cosa que es algo decepcionante, pero aun así es estupendo!

FOR SALE
VENDIDO
CALL: 555-0175

Cuando el auto finalmente se detuvo enfrente de la nueva casa, las Emociones de Riley se quedaron sin palabras. La casa parecía vieja y deprimente. Y para acabar de empeorarlo todo, el camión de mudanzas se había perdido, ¡y Riley no tenía ninguna de sus cosas!

A pesar de todo, Alegría trataba desesperadamente de mantener felices los recuerdos de Riley. Tomó el control de la consola y ayudó a Riley a ver el lado bueno de la situación.

Pronto llegó el día en que Riley debía asistir por primera vez a su nueva escuela. Se despidió de sus padres y salió de casa.

En el Cuartel General, Alegría dio a las Emociones una tarea importante. Con cuidado, trazó un círculo con tiza alrededor de los pies de Tristeza.

—Este es el círculo de Tristeza —explicó Alegría—. Su trabajo consiste en asegurarse de que Tristeza se mantiene dentro del círculo.

En la escuela, la profesora pidió a Riley que se presentara. Con una tímida sonrisa, Riley les contó un recuerdo feliz de cuando jugaba a *hockey* en Minnesota. Pero de pronto su sonrisa se desvaneció.

En el Cuartel General, Alegría se dio cuenta de que Tristeza había tocado el recuerdo del *hockey*, ¡volviéndolo de color azul!

—¡Tristeza! —la regañó Alegría—. ¡Tocaste un recuerdo!

El recuerdo azul se había atascado, y no paraba de dar vueltas por la mente de Riley.

En la clase, a Riley le habían entrado ganas de llorar. Mientras Alegría, Furia, Temor y Desagrado intentaban desbancar el recuerdo, Tristeza tomó el control de la consola. Y cuando Riley empezó a llorar enfrente de sus nuevos compañeros, se creó su primer gran recuerdo de color azul.

Alegría agarró el
gran recuerdo azul
mientras rodaba por el
suelo. Apretó el botón
«Limpieza de recuerdos»
que realizaban al cierre
del día, y un tubo del
techo descendió para
aspirar el recuerdo.

—¡Alegría, no!
—gritó Tristeza—.
¡Eso es un gran
recuerdo!

Tristeza trató de arrebatar el recuerdo azul de las manos de Alegría. ¡Mientras las dos se peleaban, golpearon el núcleo de grandes recuerdos y entonces se cayeron los cinco grandes recuerdos dorados! Afuera, vieron que las Islas de la Personalidad se habían oscurecido.

—¡Aaah! —gritó Alegría, tratando de recuperar los recuerdos.

¡En medio del caos, Alegría, Tristeza y los seis grandes recuerdos quedaron atascados en el tubo de limpieza de recuerdos!

Viajaron por la mente de Riley hasta caer finalmente en la Memoria a Largo Plazo. Todas las Islas de la Personalidad seguían a oscuras. ¡Alegría sabía que para que las islas volvieran a funcionar tenían que llevar los grandes recuerdos de nuevo al Cuartel General!

Pero el Cuartel General estaba muy lejos. La única ruta de regreso era a través de un puente hacia la Isla de las Tonterías, y luego tenían que pasar por una línea de luz, que era como un cable eléctrico, que unía las islas con el Cuartel General.

—¿Y qué pasará si caemos en el Vertedero de Recuerdos? —preguntó Tristeza—. ¡Quedaremos para siempre en el olvido!

—Sí, bueno, no caeremos —respondió Alegría—. Tú piensa en positivo.

Agarró todos los grandes recuerdos y se dispuso a cruzar el puente, dejando atrás a Tristeza.

Esa noche, mientras estaban cenando, los padres de Riley le preguntaron cómo había ido el día en la escuela.

—Estuvo bien, creo. No sé.... —respondió Riley de mal humor.

Los padres de Riley se sorprendieron. No entendían por qué su hija no estaba tan feliz como siempre.

En el Cuartel General, Desagrado dirigía la consola. Sin
Alegría ni Tristeza, las tres Emociones restantes se esforzaban en
hacer que Riley actuara del modo habitual, ¡pero no funcionaba!

—Riley, ¿va todo bien? —le preguntó mamá.

—¡Argggg! —soltó Riley.

—Riley —dijo papá—. No toleraré esa actitud.

Justo entonces, en la mente de Riley,
Furia tomó el control de la consola.

—Ah, ¿quieres actitud? ¡Yo te la
mostraré! —dijo Furia.

En la mesa, Riley perdió la paciencia.

—¡Déjenme en paz! —gritó a sus
sorprendidos padres.

—¡Basta! —exclamó su padre—.
¡Ve a tu cuarto ahora mismo!

Riley subió hecha una furia a
su habitación y cerró la puerta
de un portazo.

Mientras tanto, Alegría y Tristeza iban por la línea de luz que llevaba al Cuartel General cuando vieron que la Isla de las Tonterías empezaba a desmoronarse tras ellas. ¡Se estaba derrumbando porque Riley había dejado de hacer tonterías con su padre!

Las dos Emociones lograron atravesar la isla y llegar al precipicio de la Memoria a Largo Plazo antes de que la isla cayera en un profundo foso.

Alegría intentaba seguir pensando en positivo. Solo tenían que encontrar otro camino hasta el Cuartel General.

Tristeza se desplomó en el suelo.

—Una cosa —dijo—, tengo un bajón emocional y mis piernas no me responden. Solo dame unas... horas.

Así que Alegría agarró a Tristeza por las piernas y la arrastró hacia el laberinto de estanterías de la Memoria a Largo Plazo. ¡Alegría debía llegar al Cuartel General antes de que Riley olvidara que existía!

En ese momento, Riley hablaba con su vieja amiga Meg por el laptop. Meg vivía en Minnesota y le acababa de contar a Riley que había una nueva chica estupenda en el equipo de *hockey*. Riley, que echaba de menos jugar en su viejo equipo, se enfadó al saber acerca de la nueva chica.

En el Cuartel General, Furia se hizo cargo de la consola.

—¡Un momento! —dijo Desagrado—. ¡NO queremos perder más islas!

Pero Furia ya había apretado el botón.

—Me tengo que ir —dijo Riley, y cerró de golpe el laptop.

En la Memoria a Largo Plazo, se oyó un horrible
crujido mientras la Isla de la Amistad caía en el vertedero.

—¡Ohhh, la de la Amistad no! —exclamó Alegría.

Observó el gran recuerdo que llevaba en las manos
y vio que su color se desvanecía.

—Adiós, amistad; hola, solitud —murmuró Tristeza.

Desesperada por llegar al Cuartel General, Alegría arrastró de nuevo a Tristeza por el laberinto de la Memoria a Largo Plazo. Al poco rato se toparon con un ser de aspecto curioso.

—¡Eres Bing Bong! —exclamó Alegría—. ¡El amigo imaginario de Riley!

Riley y Bing Bong solían jugar juntos, incluso tenían una carretilla cohete que se activaba con una canción. Pero con el paso de los años Riley lo había olvidado. Bing Bong soñaba con ir volando de nuevo hasta la luna con Riley, así que Alegría le propuso que las acompañara hasta el Cuartel General.

—¡Ja, ja! —exclamó Bing Bong, bailando felizmente a su alrededor.

Bing Bong ofreció una bolsa a Alegría para que pudiera transportar los grandes recuerdos.

—¡Gracias! —dijo—. Así será mas fácil andar hasta el Cuartel General.

—¿Andar? —preguntó Bing Bong—. No llegaríamos nunca, ¡mejor tomemos el Tren de los Pensamientos!

Alegría no podía creerse que no se le hubiera ocurrido.

—Hay una estación en Imagilandia —explicó Bing Bong—. Me sé un atajo, ¡vengan conmigo por aquí!

El trío llegó a Imagilandia justo cuando el tren partía, ¡lo acababan de perder! Por suerte, Bing Bong sabía dónde había otra estación.

—¡Tenemos que atravesar Imagilandia por aquí! —exclamó, mientras las hacía pasar por unas enormes puertas de jardín.

Una vez dentro, Alegría y Tristeza se quedaron asombradas. ¡Había el Bosque de las Papas Fritas, el Pueblo de los Trofeos y el Pueblo de las Nubes! Alegría se montó sobre una nube y flotó hacia el cielo.

—¡Ja, ja! —exclamó—. ¡Es muy blandita!

Pronto llegaron a la Casa de las Cartas. Bing Bong entró a toda prisa y reapareció con su carretilla cohete.

—¡Ahora ya lo tengo todo para llevar a Riley a la luna! —anunció.

De pronto, apareció un chico muy guapo en una cinta transportadora. Un trabajador explicó que el chico era un Novio Imaginario.

—Moriría por Riley —afirmó el Novio.

—¡Puf! —soltó Alegría.

Entonces ella, Bing Bong y Tristeza siguieron su camino hacia la estación de tren.

Mientras tanto, Riley hacía las pruebas para entrar en su nuevo equipo de *hockey*.

En el Cuartel General, Temor había recopilado todos los recuerdos de *hockey* para intentar llenar el núcleo de grandes recuerdos. ¡No sabía que más hacer! Pensó que tal vez uno de ellos podría reemplazar el gran recuerdo de *hockey* que faltaba.

Sobre el hielo, Riley trató de golpear el
disco, pero falló y se cayó. El plan de Temor
no había funcionado.

Furia apartó a Temor y tomó el control de la consola.
Entonces, Riley lanzó su palo de *hockey* y salió enfadada de la pista.

En la mente de Riley, la Isla del Hockey se desmoronó y cayó
en el Vertedero de Recuerdos.

All-State
DIVISION
CHAMPS
CENTRAL
LEAGUE
Tri-County
YOUTH
HOCKEY

Alegría, Tristeza y Bing Bong ya casi habían llegado a la estación cuando unos Trabajadores de la Mente les quitaron la carretilla cohete de Bing Bong. ¡Y luego la tiraron al Vertedero de Recuerdos!

—¡No! —exclamó Bing Bong—. ¡Riley y yo queremos ir a la lunaaaaa!

Se sentó en el sueño y empezó a llorar. Alegría trataba de animarlo, pero no servía de nada. Entonces oyó el tren, ¡debían apresurarse!

Tristeza se sentó al lado de Bing Bong.

—Siento mucho que se llevaran tu cohete —le dijo.

—Era lo único que me quedaba de Riley
—respondió Bing Bong.

Y después de hablar un poco, dijo:

—Ahora me siento mejor.

Para asombro de Alegría, Bing
Bong se levantó. ¡Tristeza no
había hecho sentir peor a
Bing Bong, sino mejor!

Alegría, Tristeza y Bing Bong llegaron a tiempo para subirse al tren, ¡pero este se detuvo cuando Riley fue a dormir! Se dirigieron a la Productora de Sueños, el lugar donde se creaban los sueños de Riley. Un filtro especial conseguía que todo lo que ocurría ahí le pareciera muy real a Riley.

De pronto, Tristeza tuvo una idea: podían crear una pesadilla para despertar a Riley y conseguir que el Tren de los Pensamientos se volviera a poner en marcha.

A Alegría le gustó la idea, pero pensó que sería mejor despertar a
Riley con un sueño alegre.

—Eso no ha ocurrido nunca antes —dijo Tristeza.

Pero Alegría estaba emocionada con su plan. Encontró un gracioso
disfraz de perro y le dijo a Tristeza que se pusiera la parte de atrás.
Juntas, disfrazadas de perro, corrieron al escenario del sueño, mientras
Bing Bong cuidaba la bolsa de grandes recuerdos.

En el Cuartel General, Temor se encargaba de los sueños. Observaba al perro corriendo por la pantalla, pensando que era algo aburrido, ¡cuando de pronto el perro se partió en dos!

En la Productora de Sueños, Tristeza y Alegría se habían separado, aún disfrazadas de perro.

Ahora, Alegría perseguía a Tristeza por todo el escenario.
¡Y a través del filtro de la realidad, la escena daba bastante miedo!
Mientras Riley empezaba a moverse, los guardas de la Productora de Sueños se dieron cuenta de lo que pretendían hacer los recién llegados.

¡Alegría y Tristeza lograron esconderse, pero a Bing Bong lo arrestaron!

Llevaron a Bing Bong al Subconsciente de Riley, lugar en el que se localizaban sus miedos más profundos. Alegría y Tristeza fueron a rescatarlo, y entonces conocieron a un enorme y espantoso payaso llamado Jangles. Eso les dio una buena idea. Llevaron a Jangles a la Productora de Sueños y le dijeron que entrara rápidamente en escena. ¡Riley se despertó!

Mientras tanto, en el Cuartel General, Furia había encendido una bombilla de ideas de la consola. Después de todo lo que había pasado, y sin Alegría por allí, Furia decidió que lo mejor que podía hacer Riley era huir para regresar a Minnesota. Esta idea apareció en la mente de Riley justo cuando se despertó de su horrible pesadilla.

En ese momento, Alegría y Tristeza volvían a estar en el Tren de los Pensamientos, que otra vez estaba en marcha. Alegría miró a Tristeza.

—Eh, fue buena idea asustar a Riley para que despertara —dijo.

—¿En serio? —se sorprendió Tristeza.

Le alegraba saber que había sido útil. Las dos encontraron una esfera de recuerdos en el tren y descubrieron que era una que ambas querían. Tristeza recordó que era del día en que el equipo de *hockey* de Riley perdió un desempate cuando ella había fallado el lanzamiento que los haría ganar. A Alegría le gustaba porque todo el equipo se había acercado a Riley para animarla.

Más tarde, en su casa,
Riley bajó sigilosamente las
escaleras y tomó prestada en
secreto la tarjeta de crédito de
su madre para comprarse un
billete de ida a Minnesota.

Entonces, las vías por donde circulaba el Tren de los Pensamientos empezaron a desmoronarse. ¡El tren chocó y los pasajeros salieron disparados! Alegría miró hacia arriba y vio un enorme vacío en el lugar donde solía estar la Isla de la Sinceridad. ¡Había desaparecido!

—¡Era nuestro camino a casa! —se lamentó Alegría—. Hemos perdido otra isla... ¿qué está ocurriendo?

—¿No te has enterado? —respondió un Trabajador de la Mente—. Riley está huyendo.

Después del choque del tren, Tristeza se percató de que podían regresar al Cuartel General pasando por un tubo de recuerdos. Alegría y Tristeza se metieron en él, pero sin querer Tristeza tocó un gran recuerdo y se volvió azul. Tristeza se alejó cuando vio lo que había hecho. Alegría empezó a subir sola por el tubo, pero el precipicio de debajo empezó a abrirse. El tubo se rompió, ¡y Alegría cayó al fondo del Vertedero de Recuerdos!

En ese momento, Riley se dirigía a la estación
de autobús, sintiéndose vacía.

En el vertedero, Alegría estaba desolada, observando el recuerdo del equipo de *hockey* animando a Riley.

Una lágrima de Alegría cayó sobre la esfera y, mientras la limpiaba, ¡el recuerdo se rebobinó y se volvió azul! Alegría vio que Riley había estado sentada, triste y sola, antes de la parte feliz del recuerdo. De pronto se dio cuenta de que Tristeza era importante.

—El equipo... —murmuró—, ¡todos fueron a ayudarla gracias a Tristeza!

De pronto apareció Bing Bong y, con ayuda de Alegría, trazó un plan: ¡escaparían del Vertedero de Recuerdos en la carretilla cohete!

Cantaron muy fuerte para activar la carretilla, pero aunque conseguían salir volando, no lograban llegar al borde del precipicio. Alegría iba a rendirse, pero Bing Bong le rogó probarlo una vez más. Esta vez, sin que Alegría se diera cuenta, Bing Bong saltó de la carretilla justo antes de que despegara. Ahora que era más ligera, la carretilla, con Alegría a bordo, voló y aterrizó con suavidad en lo alto del precipicio.

Cuando Alegría vio lo que
había hecho Bing Bong, se
asomó al borde del precipicio
y lo vio en el fondo, bailando
felizmente.

—¡Ve a salvar a Riley!
—exclamó—. Llévala a la
luna por mí, ¿de acuerdo?

—Lo intentaré, Bing Bong
—respondió Alegría, triste—.
Te lo prometo.

Bing Bong hizo una
reverencia y desapareció.
Riley ya no lo necesitaba.

Alegría sabía que debía encontrar a Tristeza antes de regresar al Cuartel General. Miró arriba y vio que Tristeza se alejaba volando sobre una nube.

—¡Tristeza! —gritó Alegría.

—¡Lo único que hago es empeorar las cosas! —respondió Tristeza.

Alegría intentó perseguir a Tristeza, pero la nube era muy rápida.

Llegó al borde del precipicio y vio cómo la Isla de la Familia se derrumbaba cayendo al Vertedero de Recuerdos. Entonces, Alegría vio al Novio Imaginario de Riley sentado solo, ¡y se le ocurrió una idea!

Alegría utilizó el Generador de Novios para hacer centenares de Novios. Los colocó formando una altísima torre y se subió para acercarse a Tristeza...

—¿Alegría? —dijo Tristeza.

—¡Te tengo! —exclamó Alegría al atraparla en medio del aire—. ¡Espera!

Las dos volaron hacia el Cuartel General. ¡PLAS! Chocaron con la ventana trasera y resbalaron por el cristal.

Furia, Temor y Desagrado corrieron hacia la ventana. ¿Cómo podían ayudar a Alegría y a Tristeza a entrar? Desagrado tuvo una idea: se burló de Furia hasta que esta se enfureció y se encendió en llamas, ¡y entonces Desagrado la agarró y la utilizó para hacer un agujero en la ventana!

Alegría y Tristeza treparon y lograron entrar en el Cuartel General.

—¡Oh, suerte que han vuelto! —exclamó Temor.

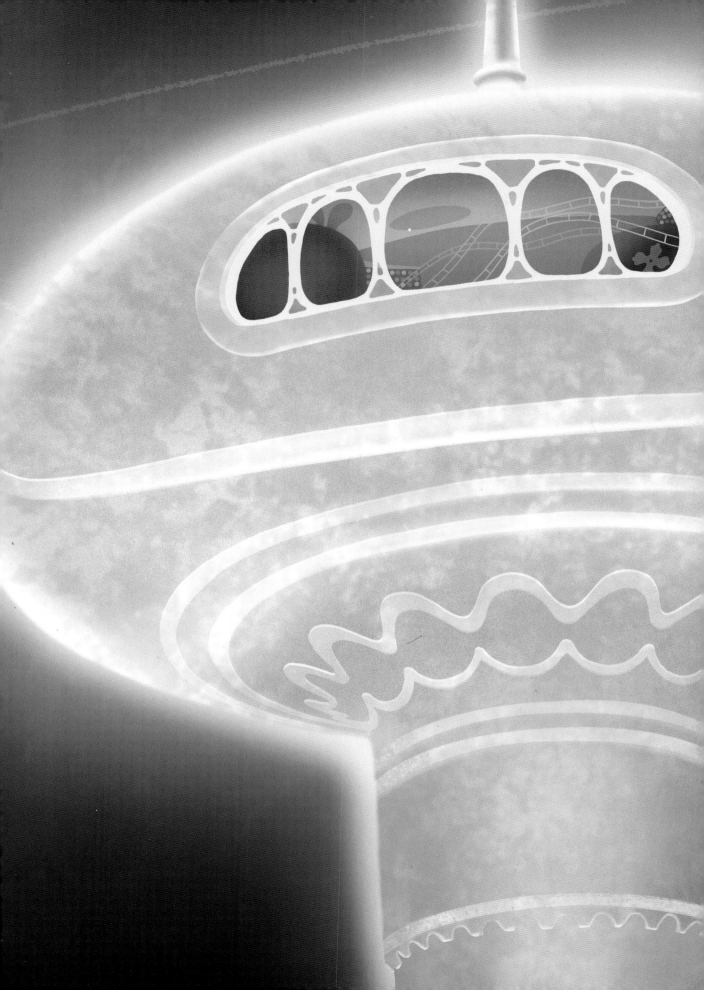

Alegría miró la pantalla y vio que Riley estaba en el autobús, lista para huir de San Francisco y de sus padres.

—Tristeza —dijo Alegría—. Está en tus manos.

—¿En las mías? —respondió Tristeza—. Oh... ¡No puedo, Alegría!

—Claro que puedes —dijo Alegría—. Riley te necesita. ¡Vamos!

Tristeza respiró profundamente, avanzó hacia la consola y apagó la bombilla de la idea «huir».

En el autobús, el semblante de Riley de pronto cambió de totalmente neutro a muy triste. Y se levantó.

—¡Espere! —le dijo al conductor—. ¡Quiero bajarme!

En casa, Riley acababa de llegar. Sus padres habían estado muy preocupados.

En el Cuartel General, las demás Emociones vieron cómo Alegría entregaba los grandes recuerdos dorados a Tristeza. Las esferas pasaron poco a poco de doradas a azules, y luego Tristeza las puso en el proyector de recuerdos.

Mientras los recuerdos de sus viejos amigos y de su antiguo hogar aparecieron en su mente, Riley empezó a llorar.

Riley explicó a sus padres cómo se sentía.

—Echo de menos nuestra antigua casa —dijo—. Por favor, no se enfaden.

—No lo estamos —dijo su padre, mientras él y su madre la abrazaban.

En el Cuartel General, un gran recuerdo medio dorado y medio azul rodó y creó una Isla de la Familia completamente nueva. Unos días después, todas las Islas de la Personalidad habían reaparecido, ¡y también algunas nuevas más!

—Han pasado muchas cosas últimamente —dijo Alegría—. Pero aún queremos a nuestra chica. Al fin y al cabo, Riley solo tiene 12 años. ¿Qué le podría pasar?